Las plantas

Matemáticas con plantas

Patricia Whitehouse

Traducción de Beatriz Puello

Heinemann Library
Chicago, Illinois

© 2002 Reed Educational & Professional Publishing
Published by Heinemann Library,
an imprint of Reed Educational & Professional Publishing,
Chicago, Illinois

Customer Service 888-454-2279
Visit our website at www.heinemannlibrary.com

Designed by Sue Emerson/Heinemann Library, Page layout by Carolee A. Biddle
Printed and bound in the U.S.A. by Lake Book

06 05 04 03 02
10 9 8 7 6 5 4 3 2 1

Library of Congress Cataloging-in-Publication Data
Whitehouse, Patricia.
  [Plant math. Spanish]
  Matemáticas con plantas/ Patricia Whitehouse.
      p. cm. — (Plantas)
Includes index.
Summary: A counting book feauring various plants
  ISBN 1-58810-780-9 (HC), 1-58810-827-9 (Pbk)
  1. Counting—Juvenile literature. [1. Plants. 2. Spanish language materials.]
  I. Title. II. Series: Whitehouse, Patricia. Plants (Des Plaines, Ill). Spanish.
  QA113. W49518 2002
  513.2'11—dc21
  [[E]]   2001039941

Acknowledgments
The author and publishers are grateful to the following for permission to reproduce copyright material:
p. 3 Jerome Wexler/Visuals Unlimited; pp. 5, 22, 23B, 24 Dwight Kuhn; p. 7 Wally Eberhart/Visuals Unlimited; pp. 9, 13 Amor Montes De Oca; pp. 11, 17, 19 Rick Wetherbee; p. 15 Rob and Ann Simpson; p. 21 E. R. Degginger/Color Pic, Inc.; p. 23T Joe McDonald/McDonald Wildlife Photography

Cover photographs courtesy of (L–R): Jerome Wexler/Visuals Unlimited; Dwight Kuhn; Rick Wetherbee

Every effort has been made to contact copyright holders of any material reproduced in this book.
Any omissions will be rectified in subsequent printings if notice is given to the publisher.

Special thanks to our bilingual advisory panel for their help in the preparation of this book:
Aurora García
Literacy Specialist
Northside Independent School District
San Antonio, TX

Argentina Palacios
Docent
Bronx Zoo
New York, NY

Ursula Sexton
Researcher, WestEd
San Ramon, CA

Laura Tapia
Reading Specialist
Emiliano Zapata Academy
Chicago, IL

The publishers would also like to thank Anita Portugal, a master gardener at the Chicago Botanic Garden, for her help in reviewing the contents of this book for accuracy.

Unas palabras están en negrita, **así.**
Las encontrarás en el glosario en fotos de la página 23.

Uno 1

Las semillas crecen en la tierra.

Cuenta las semillas que ves aquí.

Dos 2

Las **raíces** crecen en la tierra.

Cuenta las raíces que ves aquí.

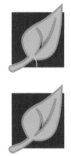

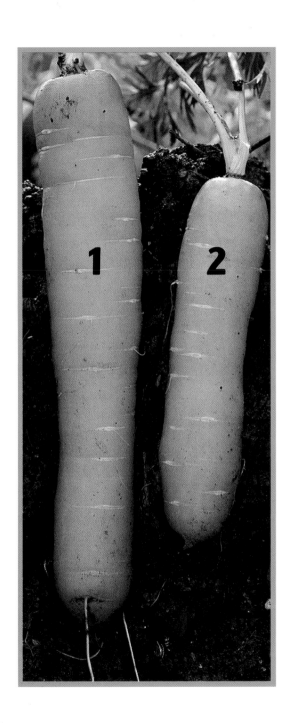

Tres 3

Las hojas crecen en las plantas.

Cuenta las hojas que ves aquí.

Cuatro 4

Las flores crecen en las plantas.

Cuenta las flores que ves aquí.

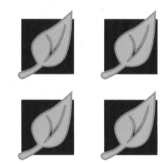

Cinco · 5

Los conejos comen
hojas y **raíces**.

Cuenta las raíces que
ves aquí.

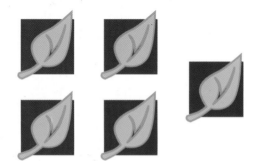

Seis   6

Nosotros comemos **raíces**.

Cuenta las raíces de rábano que ves aquí.

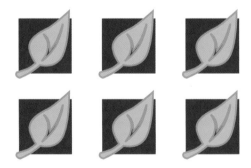

Siete 7

Los pájaros comen semillas.

Cuenta los pájaros que ves aquí.

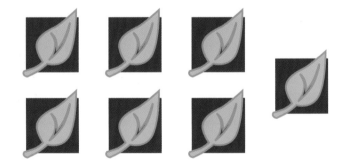

Ocho 8

Las abejas beben **néctar** de las flores.

Cuenta las flores que ves aquí.

Nueve   9

Sembramos flores para regalar.

Cuenta las flores que ves en este regalo.

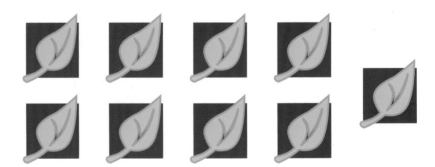

Diez 10

Sembramos semillas para cosechar flores y vegetales.

Cuenta los grupos de semillas que ves aquí.

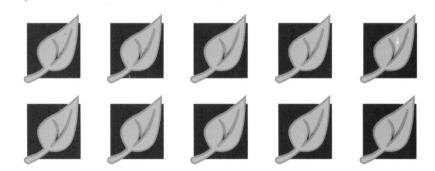

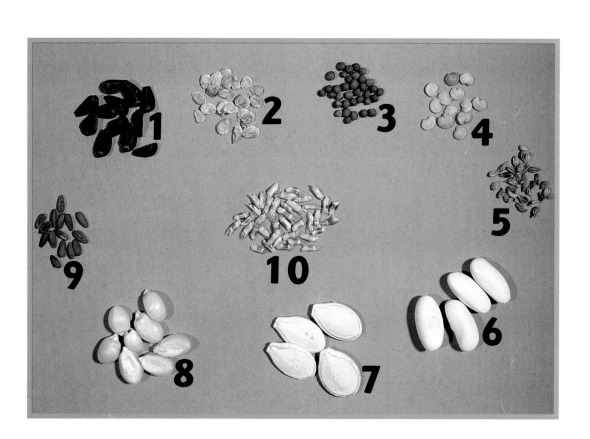

¡Mira bien!

¿Cuántas semillas ves?

Busca las respuestas en la página 24.

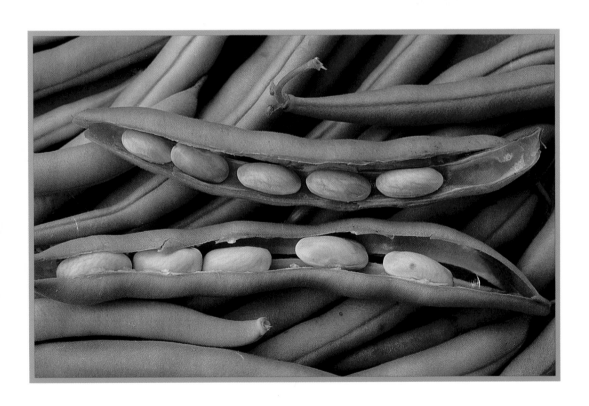

Glosario en fotos

néctar
página 16

raíz
páginas 4–5,
10–11, 12–13

Nota a padres y maestros

Este libro permite a los niños practicar conceptos matemáticos básicos a la vez que aprenden datos interesantes sobre las plantas. Ayude a los niños a ver la relación entre los números 1 a 10 y los iconos de hojas que aparecen en la parte inferior de las páginas. Para ampliar el concepto, dibuje diez "hojas" en una cartulina y recórtelas. Lean juntos *Matemáticas con plantas* y a medida que lee pida que coloquen la cantidad correspondiente de "hojas" sobre la foto. Esta actividad también se puede realizar con objetos manipulables, como frijoles u hojas de laurel.

Índice

Respuesta de la página 22
Hay diez semillas en los frijoles.

24